눈이 빛나서,

미소가 예뻐서,

그게 너라서

오늘 밤
마음에 툭 걸리는 사람

사람과 사람 사이에 진심이 오갈 수 있는 통로는 딱 하나, 마음입니다. 마음과 마음이 서로 통해야 사랑도 이루어질 수 있는 것처럼요. 그래서 저는 마음이 움직이는 일에 제일 예민하게 반응하고 살핍니다.

누구나 한 번쯤 사랑이 시작되면서 일상이 180도 변하는 경험을 해보셨을 거예요. 어느 날부턴가 잠자리에 누우면 밤마다 그 사람이 마음에 툭 걸리기 시작합니다. 그 사람의 한마디, 한마디가 귓가에 맴돌아 잠들기가 어렵죠. 상대가 무심코 한 작은 행동에 온종일 마음이 싱숭생숭하기도 하고요.

사랑이 깊어지면 또 어떤가요. 밤하늘의 별이 아름답다는 상대의 말에 평소에는 하늘을 보지 않던 사람인데 밤에 고개를 들어 별을 보고, 반짝이는 눈동자 참 예쁘다는 말에 그 사람을 더 따뜻하게 바라보곤 합니다. 미소가 예쁘다는 말에 더 자주, 많이 웃고요.

아무 조건 없이 옆에 언제나 조용히 머물러 주는 사람 덕분에, 하루를 버티느라 안간힘을 쓰면서도 하루를 온전히 살아 내지요. 보고 싶다고 어렵게 뱉은 한마디에 서운함을 느낄 새도 없이 당장 서로에게 달려가 만나고, 만나서 쳐다만 보고 있어도 이유 없이 기분 좋아집니다. 좋은 장소를 가는 것이 중요한 것이 아니라 누구와 함께 가는지가 중요한 것임을 깨닫는 신기한 경험을 하게 되는 것이죠.

마음이 움직이는 대로 시간을 따라가다 보니 어느덧 우리의 모든 삶이 사랑으로 가득 채워지고 맙니다. 어쩌면 『눈이 빛나서, 미소가 예뻐서, 그게 너라서』에는 사랑하며 남몰래 간직했던 여러분의 마음이 담겨있을지도 모릅니다. 어느 날 제 사랑이 시작되고 써 내려간 일기 같은 고백이니까요. 미칠 만큼 설레고 좋았던 감정을 잊고 싶지 않아서 몰래 써 두었던 비밀 편지 같은 것이죠. 여러분도 사랑할 때 제가 느꼈던 이 다채로운 감정을 느꼈을 거라 생각합니다.

평범한 일상에 특별함을 선물하고, 마치 내가 영화의

주인공처럼 느끼게 해주는 것이 바로 사랑입니다. 이제 제가 풍덩 빠졌던 그 사랑 속으로 함께 빠져들어 보자고 여러분에게 제안해보려 합니다. 이 책을 읽는 동안 온전한 사랑을 만나길 바라며. 그리고 지루하고 산만하고 복잡한 일상에서 단 하나, 사랑에만 집중해 아무것도 들리지 않고 보이지 않는 신비한 경험을 하기를 바라며.

여전히 사랑을 만병통치약이라 믿는

김예채 드림

차례

2장

그냥, 그냥

좋아하게 됐어

4장

다시

사랑한다 말할까

| 1장 |

| 너 때문에 |

| 잠 못 이루는 밤 |

\#

세상에서 가장 어려운 일

너의 마음을 알아채는 일

별

늘은 밤
뜬금없이 전화를 걸어 온 너는
별이 참 많이 떴다고 말했지

참 싱겁기도 하다고 말했더니
반짝이는 별들 때문에
우리의 밤도 근사해졌다고 말했어

쏟아지는 은하수 사이로
반짝이는 무수히 많은 별 사이로
밤새도록 서로의 얼굴을 그리며
새벽을 함께 보내자고 했지

잔뜩 들뜬 목소리로
속삭이던 너의 말에
나도 모르게
그래, 근사한 밤을 함께 보내자
허락해 버렸지

여행

너의 마음속으로 시간 여행을 떠나고 싶어. 타임머신을 타고 너의 어릴 적으로 돌아가 그때 너에게 무슨 일이 있었는지, 무엇이 너를 가장 힘들게 했는지, 언제 가장 행복했는지, 언제 가장 기뻤는지 모두 차근차근 알아 가고 싶어

너와 함께하지 못한 시절이지만 너의 아픔과 슬픔에 공감하고 진심으로 위로하고 싶어. 과거의 네 연인에게 질투도 나겠지. 그래도 네가 이런 사람을 좋아했구나, 이런 면을 사랑하는구나 알아 두고 싶어

독수리가 유유히 날아올라 창공을 누비다 돌아오는 것처럼 나도 너의 마음속으로 여행을 떠났다가 돌아오고 싶어. 다 괜찮다고 씩씩하게 말하는 네 마음을 와락 안

아 주고 싶어서, 이제 가끔은 울어도 된다고 말해 주고
싶어서

소원

한 연못이 있었지
그곳에서는 모두가
조용히 눈을 감고
소원을 빌고 있었어

나도 두 눈을 감고
조용히 소원을 빌다가
너는 무얼 하고 있나
살며시 눈을 뜨고 보았지

두 눈을 감고 꽤 진지하게
소원을 빌던 너의 모습이
내 마음을 쿵 하고 울렸어

너의 소원 속에 나도 있을까?
내 소원에는 온통 너밖에 없는데

길

너와 함께 걷는 길이
내 손을 잡으면 꽃길이 되기를

너와 함께 기다리는 봄이
내 손을 잡으면
팝콘처럼 생긴 꽃송이가
우리를 축복하듯
퐁퐁 피어오르는 계절이 되기를

네가 길을 잃었을 때
나침반이 되어 주고
어두운 밤을 지날 때는
빛을 비춰 줄게

서로에게

길이 되어 주는

그런 사람들이 되기를

우리의 계절

우리의 나이를 계절로 환산하면
초여름쯤 되었을까

잎사귀가 무성하고 푸릇푸릇한 나무
햇빛이 쨍쨍한 거리
시원한 빗소리까지
여름을 사랑할 이유가 충분한 우리가

가을이 되면
트렌치코트를 함께 입은 채로
떨어진 단풍들을 함께 밟고
단풍 잎사귀에 편지도 써 보려 해

겨울이 되어
하얀 눈이 온 세상을 덮고
홀로 걷는 길에 발자국이 남을 때엔
하얀 눈 위로 편지를 띄울게

한겨울에도 우린 여전히
사랑하고 있을 테니까
그때까지 아름답게 너와 손잡고
행복하게 나이 들어가기를

어린아이

가끔 나를 어린아이 대하듯이
어르고 달래고 괜찮다고
속삭이며 말해 주는 네가
참 좋더라
너의 마음이 느껴져서
너의 배려가 느껴져서

쉿! 이건 비밀인데
네 앞에서만
가끔은 더 어린아이가 되고 싶기도 해

사소함

사랑도
이별도
사소함에서 시작하지

이별도
사랑도
사소함으로 끝나고

너무 많은 말이 필요 없음은
어쩌면 너무도 당연한 거니까

바보

나는 참 바보 같아

젓가락도
양말도
신발도
이어폰도
연필과 지우개도

모두 두 개가 있어야
쓸모 있는 물건이잖아

사랑도 두 마음이 합쳐져
하나가 되어야 가능한데
나 혼자 두 개만큼

큰 마음을 준비했으니
얼마나 바보 같니

사랑이 너무 커도
이루어질 수 없나 봐
짝사랑에 마음 졸일 땐
내 마음이 너무 크지 않은지
확인해 봐야 해

네가 들어올 자리를
내 사랑으로 꽉 채워
들어오지 못하는 걸지도 모르니까

한 걸음

사랑하는 사람을 정말 내 사람으로 만들기 위해서 한 걸음 더 다가갈 거야. 평생을 함께하고 싶은 사람이라고 확신이 든다면 한 번 더 손 내밀어 볼 거야

밀고 당기기를 하고, 서로의 눈치를 보고, 주변 사람들을 신경 쓰느라 사랑을 놓치면 후회할 테니까. 뜨뜻미지근하게 사랑하는 것이 아니라 온 세상에 있는 아름다운 것을 모두 모아 주고 싶을 만큼 뜨겁게 사랑하려해. 평생을 함께하고 싶은 사람은 일생에 단 한 번만 올지도 모르니까

다가가는 노력도 해 보지 않고 그런 사람을 놓치면 평생 후회하지 않을까? 조금 창피하고 어리숙하고 서투르면 좀 어때. 상대방이 결국 사랑을 안 받아 주면 좀 어

때. 사랑하는 만큼 온전히 표현할 수 있는 것도, 욕심을
부릴 수 있는 것도 용기라는 능력이 내 안에 있기 때문
에 가능한 건데

사람이 사는 것이, 사랑을 하는 것이 인생에서 가장 큰
별것이야. 행복한 날 함께 기뻐해 주고, 슬픈 날 함께
울어 주는 사람을 만나는 것이 가장 큰 축복이니까

별것을 위해 조금은 욕심내 보려고. 그냥 포기하기엔
단 한 번뿐인 시간이 너무 아까우니까

우연을 가장한 인연

"어머, 우연인가 봐요.
오늘만 벌써 세 번째 마주치네요."

셔츠의 소매를 걷어 올리며
인사하는 네가 얄밉기도 했어
어떻게 세 번을 우연히
마주칠 리가 있겠어

매일 너와 마주하기 위해
너의 회사 앞에서
네가 자주 가는 카페 앞에서
네가 다니는 헬스장 앞에서
네가 움직이는 거리에서

수없이 서성이고 서성이다
오늘은 운이 좋아서 세 번이나 마주친 거야

우연을 가장한 인연으로
너와 이렇게 만나다 보면
우리가 진짜 인연이 될지도 모르니까
오늘도 너 모르게 노력해

너를 우연처럼 만날 노력

꿈

너와 나만 아는 우리 둘만의
아침이 있으면 좋겠어

따스한 햇살이 들어오는 식탁
맑은 하늘이 보이는 거실
너와 뒹굴며 책을 보고 싶은 서재
포근한 이불이 있는 안방까지

지친 하루를 보듬어 주고
때론 서로에게 낭만을 선물하며
생각도 행동도 닮아 가기를
같은 방향을 바라보며 사는 우리가 되기를

사랑하기 좋은 나이

사랑하기 좋은 나이는 따로 없다더라
우리는 평생 누군가를 그리워하고
갈망하고 사랑하기 때문이지

나이가 먹어도 사랑에 빠지면
커다란 돌멩이 하나가
마음에 풍덩 빠져 파도가 치곤 해

세월이 흘러도 사랑에 빠지면
잔잔하던 마음이 어느새 요동쳐

세상의 모든 감정의 길이
네게 가는 길로
너와 연결된 선으로 보여

나이가 먹어도 여전히
사랑하면 온통 너만 보여
그러니까 우리 많이 사랑하자
사랑하기 좋은 나이는 따로 없으니까

사랑받는 주인공

오래 인기 있는 문학작품을 보면
사랑받는 주인공은
세 가지 특징을 꼭 갖고 있어

첫째, 충분한 고통
둘째, 분명한 목표
셋째, 적어도 한 번의 기회

이런 주인공이 모든 역경을 헤치고
원하는 것을 이루었을 때
우리는 함께 카타르시스를 느껴

사랑의 여정도 그런 것이 아닐까?
작은 손을 함께 꼭 잡고
고통을 헤쳐 나가고
헤어질 위기를 극복하며
사랑의 완성에 도달하는 것

사랑받는 주인공의 삶처럼
너와 나의 사랑도
온 우주가 응원하는 사랑이길 바라

장점

사랑은 무엇일까?
곰곰이 생각하던 중에
그 사람의 장점만 보이기 시작하는 것이
사랑에 빠지는 순간이지 않을까 했어

단점까지도 장점으로 보이는
그 찰나가 서로 사랑하면서
가장 아름다운 눈빛으로
상대를 바라보는 순간이지 않을까?

그래서 더 가까이
자주 바라보기로 했어
장점만 보고 살기에도

세상은 너무 팍팍하고
사랑할 시간은 짧으니까

영상통화

영상통화를 잘 안 거는 너에게서
영상통화가 걸려 왔어

너무 좋아서 막 받으려는데
벨 소리는 멈추고
잘못 눌렀다는 메시지를 받았지

네가 잘못 누른 영상통화에
잠시나마 기쁘고 행복했어
설렘과 두근거림을 맛보았지

영상통화 하나로
이렇게 들떠 잠 못 들게 하다니

도대체 무슨 사랑이
이렇게 견딜 수 없이 달콤해

애착 인형

어릴 적 꼭 안고 자던 애착 인형
하나씩은 다 있잖아

몽롱하고 피곤하고 졸릴 때
그 인형을 꼭 안고 누우면
평온함과 안정감이 느껴져
나도 모르게 스르르 잠이 들었던

아마 네가 나의 새로운
애착 인형이 될 건가 봐

손만 잡아도
곁에만 있어도

그곳이 어디든

평온함과 안정감이 느껴지거든

세상에서 가장

난 말야

세상에서 가장 예쁘고 고운 단어만 골라
너에게 들려주고 싶어
세상에서 가장 아름다운 생각을
너에게 전달하고 싶어

세상에서 가장 사랑스러운 표정을
너에게 보여 주고 싶어
무엇보다 세상에서 가장
너에게 좋은 사람이고 싶어

세상에서 가장 많이
널 사랑하는 사람이고 싶어
세상에서 가장 많이
행복한 연인이고 싶어

당신을 좋아하는 일

내가 널 얼마나 많이
좋아하고 아끼는지
넌 모르겠지

내가 널 얼마나 많이
바라보고 또 바라보는데
넌 모른 척하겠지

하지만 이젠 괜찮아
널 오롯이 사랑하는 마음을
더 이상 감추지 않기로 했어

네가 곁에 없어도

널 사랑할 거야
널 그리워할 거야
저 멀리 하늘에라도
내 마음을 그려 표현할 거야

널 좋아하는 일
내 마음이 그만하라고 할 때까지
질릴 만큼 해 볼 거야

어린아이처럼

사랑도 어린아이처럼
할 수 있다면 얼마나 좋을까?

철없는 어린아이처럼
보고 싶으면 보고 싶다고
마음껏 투정을 부리고

서운하면 서운하다고
빙빙 돌려 말하지 않고
사실대로 마음을 꺼내 보이고

궁금하면 궁금하다고
너의 세상을 조금 더 알려 달라고

단숨에 선을 훅 넘기도 하며

오해하지 않게
있는 대로 보고 듣고 말하고 느끼고
기쁨과 슬픔, 환희와 존경,
놀람과 설렘을 누리며

사랑할 때만큼은
나이 먹지 않고
오래오래 철없고 싶어

의지

사랑을 시작하는 것은
우연이나 운명일지 몰라
그러나 사랑을 지키는 것은
끈질긴 의지야

마음에 상처가 생겨도
힘든 일이 와도
사랑을 지키겠다는 의지
그거 하나면 되거든

사랑이 끝날 땐
이 의지가 사라졌을 때야
약속할게

우리 앞에 어떤 힘든 일이 와도
너와의 사랑을 의지로 지키겠다고

소소함

지금까지 몇 번의 연애를 했는데도
난 너와 처음 해 보는 게 참 많았어

함께 영화를 보는 것도
함께 공부를 하는 것도
같은 곳에 앉아 서로 다른 일을 하는 것도
서로 다른 음식을 먹는 것도
다 처음이었거든

소소하고 소중한 것들
그게 너와 처음이라 참 다행이야

사람은 큰 행복보다

소소한 행복을 모아

그 힘으로 하루를 살아가는 거니까

너와 함께하는 시간 속에

소소한 행복이 더 많아지기를 기도해

버스

나 혼자 앉아 돌아오는 길

너와 나누었던 대화가
손을 잡고 눈을 맞추고
장난치며 소리 죽여 웃던 웃음이
막 생각나

벌써 보고 싶다
어쩌지?

팅커벨

시원한 아메리카노를
마시고 싶다고 생각하고 있을 때
어디선가 한 손에
아이스 아메리카노를 들고 나타나는 너

온몸에 힘이 쭉 빠져
터덜터덜 집으로 걸어가는 길이
멀게만 느껴질 때
저 멀리서 날 향해 양팔 벌리고
내가 안기기를 기다리고 있는 너

어디론가 떠나고 싶어 창문을 열고
바람을 맞고 있을 때
나들이 가자, 한마디 하고

바다 앞에 나를 데려다 놓는 너

말하지 않아도 내 마음속 소원을 알아채는 넌
나만의 팅커벨인가 봐
부르지 않아도 도움이 필요하면 달려오니까

오래오래 곁에 있어 줘
나만의 팅커벨로

수수께끼

난 항상 너를 보는데
너에게 시선을 고정하고 있는데
네 말을 하나도 이해하지 못할 때가 많아

넌 열심히 너의 말을 하는데
넌 충분히 나를 바라보는데
난 하나도 알아들을 수가 없어

너와 내가 달라서 소통이 되지 않는 걸까
너와 내가 다른 곳을 보고 있는 걸까
그것도 아니면 노력이 부족한 걸까

세상에서 가장 어려운 일
너의 마음을 알아채는 일

반짝

늦은 밤, 별을 보러 나왔어
별이 너무 보고 싶었거든
나만을 위해 반짝여 주는 별

스산한 바람이 온몸을 휘감았어
안개가 자욱한 하늘을 보며
오늘은 별이 뜨지 않나 보다 생각했지

혹시 안개가 걷힐 수도 있으니까
조금 더 기다려 볼까 하던 찰나에
날 부르는 목소리가 들렸어

오늘은 하늘에 뜨는 별이 아니라
다른 별이 날 반겨 주러 나왔네
너라는 별

어쩌면 하늘의 별은 핑계고
네가 날 보러 오기를
바라고 있었는지도 모르겠어

슬픈 고백

우린 참 같은 노래와
같은 영화를
많이 좋아했어

우리가 빨리 가까워진 이유도
같은 감성을 가지고 있어서
대화가 더 잘 통해서였을 거야

그중에서도 우린
이적의 〈나침반〉을
참 많이 좋아했는데
드라이브를 할 때면
꼭 이 노래를 함께 들었지

그거 알아?
그 노랫말이
너에게 들려주고 싶은
내 마음의 고백이었다는 거

정말 너와 함께 있으면
모든 고민 걱정이 사라지고
네가 내 나침반이 된 것 같았으니까

이젠 말해 줄 수 없는
슬픈 고백이 되었지만
그래도 이야기하고 싶었어
네가 나의 나침반이었다고

꿀단지

사람들이 왜 자꾸 집에
일찍 가냐고 물어봐요
집에 꿀단지라도 있냐고요

맞아요
꿀보다 더 달콤한
사람을 만나러 가거든요

당신을 만나러 가는 길엔
설렘과 달콤함밖에
생각나지 않아서

나도 당신에게 그런 사람일까?
곰곰이 생각해 봤어요

나도 당신에게 꿀보다
더 달콤한 사람이고 싶어요

전망과 야경

한강의 야경
이태원의 야경
바닷가의 야경

유난히 야경을 좋아하는 네 덕분에
나도 덩달아 야경을 좋아하게 됐지

너와 함께 있으면
반짝이는 수많은 불빛이
우리만을 향해 빛을 비추는 것 같아서
황홀하기까지 하더라고

그런데 그거 알아?
세상 그 어느 야경과 불빛보다

날 보는 너의 눈빛이 가장 빛났던 거

나를 다정하게 바라봐 주는
나를 따뜻하게 바라봐 주는
한없이 소중한 사람으로 바라보는
너의 눈빛에 취하곤 했어

그래서 나는 오늘도 생각해
어떻게 하면 이 야경보다
너의 눈빛보다 더 빛나게
널 바라볼 수 있을지 말야

#

고슴도치

술은 언제나 표현이 서툰 내가
진심을 말하고 싶게 만들어

하마터면 뱉을 뻔했지 뭐야
널 좋아한다고
널 사랑한다고

그래, 입술을 꼭 깨물고
꾹 참길 잘했어

어설픈 술김의 고백에
괜히 너와 멀어질까 봐
그게 더 무서운 나는
고슴도치거든

#

우린 여전히 사랑하고 있을 테니까

그때까지 아름답게 너와 손잡고

행복하게 나이 들어가기를

2장

그냥,

그냥

좋아하게 됐어

#

너를 만나

조금씩 변한 내 모습이

참 마음에 들어

이유 없는 꽃

넌 가끔 아무런 이유 없이
꽃 한 송이를 내밀곤 했지

오다가 널 닮아서 사 왔어
오다가 네 생각이 나서 사 왔어
오다가 그냥 사왔어

자그마한 꽃 한 송이지만
꽃을 받을 때마다
영화나 드라마 주인공이 된 것만 같아
얼마나 행복했다고

한 손엔 꽃을 들고
다른 한 손은 너의 손을 잡고
길을 걸을 때
부럽게 바라보는 사람들의 시선에
부끄러웠지만 설레기도 했어

네가 내 연인이어서
어둔 밤 수많은 별 사이에서
특별할 것 없는 날
특별한 별처럼 봐 주는 것 같아서
얼마나 고마웠다고

편지

[어제도 많이 피곤하고 힘들었지? 요즘 밀려드는 일에, 여러 관계에 때로는 너무 지쳐 힘들지 않을까 걱정이 돼. 하지만 멋지게 잘하고 있는 자기가 대단하다고 느껴져. 힘들 때 내가 더 자기에게 힘이 될 수 있도록 노력해 볼게. 버겁고 힘든 지금 이 시간도 다 잘 해결될 거라 믿어. 기도할게. 난 늘 네 편이야. 사랑해, 많이.]

늘 새벽까지 일하다가 잠든 날 위해
아침이면 이렇게 편지를 남겨 주곤 했던 너
이날은 내가 유난히 힘들어 보였나 봐

너의 따스한 편지 덕분에

출근하느라 바쁠 텐데 시간을 내어
마음을 전하고 힘을 주는 네 마음 덕분에
또 새롭게 하루를 시작할 수 있었어

듬뿍 사랑받는 게 이런 거구나
생각할 수 있었지
그래도 나도 지금부터 해 보려고
듬뿍 사랑을 전하는 일

이런 사람

너는 이런 사람이야

작은 문자 하나에 고마움을 느끼는 사람
작은 실수 하나에 미안함을 느끼는 사람
작은 말 한마디에 기쁨을 느끼는 사람
작은 행동 하나에 행복을 느끼는 사람

언제나 예쁜 말을 건네주는 사람
사랑스런 눈빛을 보내 주는 사람
나의 모자람을 끌어안아
빈 구석을 채워 주는 사람

나의 존재가 작다고 느껴지지 않도록

모든 것을 사랑해 주는 사람
이것저것 따지지 않는 순수한 사람
마음까지 치유해 주는 소중한 사람

아이스 바닐라 라떼

늦은 내가 헐레벌떡 뛰어오자
카페에 먼저 도착한 네가
"잠깐만 기다려."
하고 카운터로 갔지

내가 즐겨 마시는
아이스 바닐라 라떼를 들고 와
빨대를 꽂아 주고
슬쩍 내 앞에 놓아 줬어

"어떻게 메뉴가 바로 나왔어?"

"네가 언제 올지 몰라서 미리 주문하고

너 올 때까지 냉장고에 넣어 달라고 했지.
더운 날엔 더 목마르잖아."

그날 처음 알았어
너의 섬세하고 조용한 배려에
아이스 바닐라 라떼에서도
온기가 느껴질 수 있다는 걸

이제 너에게도 내 마음을 표현하고 싶어
내 작은 마음을 표현하기가
부끄럽고 쑥스럽지만
그래도 열심히 표현해 볼게
우리 사랑에 온기가 식지 않도록

특별한 비밀

너는 나의 모든 것을 알고 싶어 했어
내 초라한 모습, 지난 아픈 상처까지
쉽게 털어놓을 수 없는 이야기들을
천천히 하나씩 말해 주면 좋겠다고 했지

나는 이야기를 털어놓는 것에 익숙하지 않았고
혼자 마음속에 담아 놓는 편이 더 편했어
하지만 너는 내 마음이 움직일 때까지
기다려 주겠다고 했지

넌 나의 아킬레스건을
특별한 비밀이라고 말해 주고
아무에게도 보이고 싶지 않던
수치심을 꺼냈을 때

소중한 비밀 상자를 열어 주어
고맙다고 말했지

너를 만나 아픔을 털어놓는 법을 배웠어

네 덕분에 사랑하는 사람의 품에서
편안하게 숨 쉬며 살아가는 법을 배웠어
더 이상 나를 숨기지 않고
있는 그대로의 모습을 사랑해 주는
너를 만나 참 특별한 비밀이 생겼어

그래서 말인데
이젠 나에게도 너의 비밀을 이야기해 줄래?

나답게

넌 내가 지나치게 밝다고 했어
스스로에게 엄격하고 인내심이 많다고
무슨 일이든 잘 해내려고
노력하는 것이 보인다고 했지

그런데 그게 내 진짜 모습은
아닌 것 같다고 말했지
속은 상처투성이인데
겉만 멀쩡한 척하는 것 같았대

"네 모습 그대로 너답게 행동해도 돼.
네가 하고 싶은 대로 편하게 해도 돼."

갑작스러운 따뜻한 말 한마디에
나도 모르게 눈물이 후두둑 내리쏟아졌지
네 덕분에 나다운 것이 무엇인지
처음으로 고민하고 생각해 봤어

내 안에 있던 아직 다 자라지 못한
어린아이의 머리를 쓰다듬어 주고서
더 이상 억지스럽지 않은
자연스러운 나의 모습으로 돌아왔지

사랑은 나를 나답게 하고
상대를 있는 그대로 바라봐 주는 것인가 봐
사랑은 내 안에 꽁꽁 숨겨 둔 나다움을
하나하나 자세히 바라봐 주는 현미경인가 봐

특별함

너는 매일 똑같이 돌아가는
일상이 지겹다고 말했어
새롭고 특별한 것을 찾아서
훌쩍 떠나고 싶다고 했지

밤과 새벽을 지나 아침에 눈을 뜨는 것
평범한 하루 끝에 노을을 담은 저녁이 오는 것
나와 함께 앉아 하루의 일과를 들어 주고
도란도란 이야기 나누며
밥을 먹을 사람이 있다는 것

이보다 더 설레고 다행스러운 일이 없는데
이보다 더 애틋한 사람이 없는데
이보다 더 소중한 사랑이 없는데

이보다 더 특별한 일상이 없는데

내가 너의 일상이 된 것이
너는 특별하지 않은가 봐
평범한 내 일상 속에
네가 들어온 것이 난 너무 특별해
하나도 지루할 틈이 없어

삶

삶을 사는 게 아니라
버티고 있을 때
넌 내게 다가와
삶을 살게 해 주었지

밥은 먹었는지
어디가 아프진 않은지
잠은 잘 잤는지
기분은 괜찮은지
하루의 안녕을 물어봐 주었지

삶에 질질 끌려다니며
떠밀리듯 수동적으로 살아가던 나는

내 사소한 것들의
안녕을 걱정해 주는 너를 만나
적극적이고 능동적인 나로
아름다운 삶을 살게 되었지

따라다닐 거야

너와 한순간도 떨어지고 싶지 않아서
너에게 말했지
"매일 너만 따라다닐 거야."

그랬더니 네가 정색하며 대답했어
"왜 그래?
그런 말 하지 않았으면 좋겠어."

난 갑자기 시무룩해졌어
내 말에 네가 부담감을 느낀 것 같아서
괜한 말을 했나 걱정했지

하지만 이제 알아

네가 왜 그런 말을 했는지
항상 같이 다니지 않아도
서로를 위한 마음을 아는 사람
혼자 있는 시간도 즐겁게 보낼 수 있는 사람이
진짜 사랑을 할 수 있는 거잖아

맞아, 넌 그런 사람이었지
단 한 순간까지도
네가 나를 더 많이 사랑한다고 느끼게 해 주는
그런 사람

한 입만 더

아프다는 나의 한마디에
멀리 있던 너는
한걸음에 달려왔어

약을 먹기 위해 억지로 먹는 밥 위에
반찬을 얹어 주며
"한 입만 더, 한 입만 더 먹자."

그렇게 어르고 달래며
입맛이 하나도 없어서
한 입도 먹지 못할 것 같던 나를
반 그릇이나 비우게 했지

사랑은 마음이 아니라
행동으로 보여 주는 것이라는 걸
네가 처음으로 알게 해 줬어

그래서였나 봐
날 보는 네 눈빛이
유난히 사랑스럽게 보였던 게

사과

우리가 다툰다면
혹여 작게라도 티격태격한다면
무조건 먼저 사과할 거라는
너의 말을 난 피식 웃고 넘겨 버렸지

그러다 우리가 정말 다투었을 때
네 마음을 알게 되었어
너는 자존심을 다 내려 두고

미안하다고, 사과를 받아 달라고
진심으로 이야기했어
결국 내가 더 미안하게 만들어 버렸지

그날 이후로 알게 되었어
'이 사람이 정말 나를 사랑하는구나.
날 위해서 져 주는 거구나.'
라고 말이야

사랑은 더 많이 사랑하는 사람이
희생하고 용서하는 것인가 봐
너처럼

이제 나도 너에게 희생하고
용서하고 져 주고 싶어
사랑하면 닮는다고 하니까

마음에 쏙 들어

너를 만나
조금씩 변한 내 모습이
참 마음에 들어

너와 나는
정말 다른 성향을 가졌는데
그런 내가 널 조금씩 닮아 가는 게
참 신비롭고 마음에 들어

불안하고 흔들렸던
내 삶의 균형이 잡히는 게
참 신기하고 마음에 들어

항상 날 예쁘게 봐 주는 네 덕분에
내가 더 예뻐지는 것 같아서
참 마음에 쏙 들어

따뜻한 마음
다정한 행동
예쁜 말까지
너의 선함을 닮아 가는
내가 참 좋아
마음에 쏙 들어

이상형

길을 걷다 네가 내게 물었지
"넌 내가 이상형이야?"
"아니, 이상형이랑 전혀 다른데?"
"뭐야⋯⋯."

빈말이라도 네가 이상형이라고
말해 주길 바랐던 너는
실망스러운 표정으로 길을 걸었어

"그런데 너랑 만나면서
내 이상형은 네가 되어 버렸어."

너는 내 대답에 피식하고 웃으며
잡고 있던 손을 더 꽉 쥐었지

나도 그래
만나면 수줍게 입꼬리를 올리며 웃는 모습도
바람이 불면 앞머리를 손으로
스윽 넘기는 습관도
모두 내 이상형의 조건이 되어 버렸지
그것 또한 너의 모습이기 때문에

노는 게 제일 좋아

너를 만나기 전엔
친구들과 노는 게 좋았는데
이젠 친구들과 노는 게 재미없어
너만큼 편한 사람이 없고
너와 노는 것만큼 재밌는 사람이 없거든

그래서 자꾸 시계를 보게 돼
너와 재잘재잘 시시콜콜한 이야기를 나누고
너와 과자를 나눠 먹으며 커피를 마시고
너와 영화를 보다가 스르르 잠이 들었다가

아무것도 아닌 일로 티격태격하다가
다시 너의 품에 안겨 이야기를 나누다가

손을 꼭 잡고 동네를 산책하고
옆자리에 앉아 각자 다른 책을 읽는 것

그래도 하루가 너무 짧은걸?
너와 함께 있기만 했는데도 시간이 너무 모자라
나는 너랑 노는 게 제일 좋아
이 세상에 친구 하나 없어도
너만 있다면 내겐 충분해

다른 시선

너와 나는 같은 것을 보고도
느끼는 게 많이 달랐어
우리는 같은 점이 많은 줄 알았는데
다른 시선을 가지고 있었거든

난 우리가 만나면서
이것 때문에 많이 부딪칠 줄 알았는데
내 예상은 완전히 빗나가고 말았어

너의 다른 시선 덕분에
나는 다른 세상을 보고 경험할 수 있어서
오히려 더 좋았어
나의 시야는 더 넓어졌지

나의 세상이 넓어져서 나는 행복했어
매일매일 내 세상이
점점 더 커지고 깊어지고 있었거든
너라는 큰 사람을
내 세상에 담을 수 있도록 말이야

적정 온도

유난히 추위를 많이 타는 나
유난히 몸에 열이 많은 너

내가 널 만나서 좋은 건
추울 때 언제든 너에게 달려가
포옥 안기면 된다는 것

몸에 열이 많은 넌 언제나 뜨겁고
추위를 많이 타는 난 언제나 차가워서
꼭 안고 있으면
서로의 적정 온도를 찾아가거든

우린 아마도 천생연분인가 봐

착각

나는 호기심이 참 많아
무엇이든 해 봐야 하는 성격이었지
어디든 자주 떠나고
새로운 것에 도전하는 걸 좋아했지

누구보다 열정이 많았고
말보다 행동을 먼저 했지
그래서 용감하다고 생각했는데
그건 내 착각이었어

무엇이든 도전하고 떠날 수 있게
뒤에서 묵묵히 지켜 주었던 네 덕분에
보이지 않는 안정감이 생겼던 거야

실패하거나 다시 돌아왔을 때
돌아갈 곳이 있다는 포근함 때문에
모든 모험이 가능했던 거야

그래서 결심했어
오늘은 다른 곳이 아닌 너에게로
한 걸음 더 다가가 보기로

이정표

기쁜 날에도 슬픈 날에도
너와 함께 춤을 추고 싶어

아침에 새들이 지저귀는 소리를 들으며
저 멀리서 들려오는 음악에 맞추어
너와 나의 몸이 서로 지탱하며 움직이는 대로
잔잔한 바람이 흐르는 결을 타고 느껴지는 대로

마음의 감정이 눈빛으로 전해지는 대로
하늘 위의 둥둥 떠다니는 구름을 조명 삼고
우리 머리 위로 쏟아지는 햇살을 이정표 삼아
너와 함께 춤을 추고 싶어

그러다 눈이 마주치면 눈인사를 건네고
가끔 수줍어지면 너의 가슴에 내 볼을 부비고
눈부신 햇살을 핑계 삼아 입술을 맞추며
오래도록 함께 춤추는 사람이 너였으면 좋겠어

와인 한 모금

마주 앉아 와인을 마시며
두 손을 포개고
함께 보내는 시간에 취해 버렸어

별다른 해프닝 없이
적당히 무르익은 분위기로
재잘재잘 대화를 나누는 듯했지

너의 눈동자에 비치는 나의 얼굴은
와인빛으로 붉게 물들었어
바로 그때였지

사랑스럽게 나의 양 볼을 감싸고
조심스레 두 눈을 감게 하더니
별이 뜨게 하는 거야

포도 향이 나는 너의 입술이
솜사탕보다 달콤해서
놓치고 싶지 않은 오늘 밤

평생 친구

너와 매일매일 만나도
나는 무슨 할 말이 그렇게 많은지
저녁이면 휴대폰을 들어 전화하지

온종일 있던 모든 일을
너에게 세세하게 전하고 싶어
때론 껌딱지가 되어
네 옆에 붙어 다니고 싶다는 생각을 해

평생 친구가 생긴 느낌이 이런 것일까?
내가 쫑알쫑알대며 온종일
껌딱지처럼 붙어 다녀도 좋아

사랑하면 너와 무엇을 하고 싶은 게 아니라
그냥 함께, 곁에 있고 싶은 것이 사랑인가 봐
너와의 내일이 점점 더 기대돼, 친구야!

결혼

결혼한 사람들을 보면
정으로 산다는 말을 많이 하잖아
동지 또는 전우라고 말하면서 말야
난 그렇게 살고 싶지 않아

나이가 들어도 여전히
손을 꼬옥 잡고 길을 걷고
팔짱을 끼고 영화를 보고
매일 아침 볼에 뽀뽀를 하고

당신 오늘 예쁘다고
당신 오늘 멋있다고
오늘은 어제보다 더 사랑한다고

예쁜 말들을 주고받고

가끔 데이트다운 데이트도 하고
선물도 주고받으며
평생 사랑하는 마음으로 살래
동지나 친구가 아닌 연인으로

너에게만큼은
변함없이 온전히 나로
사랑을 주고받는 사이로
오래도록 함께 살아갈래

두 눈을 감고

너의 품에 안겨 두 눈을 감으면
새로운 세상이 펼쳐져

너와 내가 그 어떤 모험도 이겨 내는
신비로운 세상

너와 내가 슬픔에 잠겼다 빠져나오는
감춰진 세상

그럼에도 여전히 사랑하고 있는
우리 둘만의 찬란한 세상

소중한 것은 꼭 눈을 감아야 보이더라

가장 가까운 사이

사랑하면 가족보다 가까운 사이가 되잖아. 가족보다 더 많은 이야기를 나누고, 아픔과 상처까지 모두 공유하니까. 나는 너와 어디서 쉽게 할 수 없는 이야기를 편하게 나누고, 네가 세상에서 가장 가까운 사이라고 세상에서 가장 큰 내 편이라고 생각했지

그런데 너와 나눈 이야기가 다른 사람의 입을 타고 내 귀에 들어왔어. 모든 신뢰가 사라졌지. '넌 나를 어떻게 생각한 걸까?' 우리가 나눈 이야기는 밖으로 새어 나가지 않을 줄 알았는데 배신을 당한 것 같았어

나를 정말 존중하고 아꼈다면, 소중하게 생각했다면 우리 사이에서 오간 많은 이야기를 전했을까? 가까운 사이일수록 지켜 주고 싶은 마음이 들지 않았을까?

스트레스

스트레스를 많이 받은 내가
한밤중에 라면이 먹고 싶다고 말하면
둘이 마주 보고 앉아
라면에 파 송송 계란 탁 넣은
뜨거운 라면을 후후 불어 먹고
달콤한 와플과 마카롱, 과일도 먹고
커피를 마시고
신나는 음악을 틀고
남들이 보면 우스워 보일지 모르는
막춤을 신나게 한바탕 추는 일

서로의 춤을 바라보며
깔깔거리고 웃을 수 있는 사람
그거면 참 좋겠다

장미꽃 한 송이

넌 종종 깜짝 선물로
장미꽃 한 송이를 가져와
내 손에 쥐어 주었어

꽤 오랫동안 이따금
그리고 잊을 만하면 한 번씩
장미꽃을 선물해 주었어

이유가 참 궁금했던 나는
왜 항상
장미꽃 한 송이냐고 물었지

꽃다발을 주면 갚아야 한다거나
다른 무언가로 돌려줘야 할 것 같은
부담감을 느낄까 봐
가벼운 선물을 찾았다는 너

너의 그 섬세한 배려 덕분에
나는 장미꽃 한 송이에
마음이 움직이고 말았지

솜사탕

울적한 날에 인상을 찌푸린 날 보고
넌 마치 내 볼이 솜사탕이라도 되는 듯
이리 꾹 눌렀다 저리 꾹 눌렀다
그러다 내 입술 위에 너의 입술을 꾹 눌렀지

너의 입술이 닿는 순간
빙빙 돌려 만드는 솜사탕처럼
내 머릿속도 빙빙 돌아가
내 마음도 빙글빙글 돌아가

아무도 눈치 보지 않고
아무도 신경 쓰지 않고
많은 사람 사이에서
나만 보는 너 때문에

달콤해 미칠 것 같아
짜릿해 미칠 것 같아
사르르 녹아내리는 입맞춤
우유 거품처럼 포근한 입맞춤

너만 있다면

끝없는 어둠에 갇힌 것만 같았어. 까만 밤이 영원할 것 같았지. 아득하게 멈춰 버린 듯한 시간은 야속하기만 했어. 내 안에서 만들어진 날 향해 몰려오는 질문들과 수많은 물음표에 자존감은 바닥으로 떨어지고 대답은 하나도 생각나지 않았지. 주저앉은 자리에서 다시 일어날 수도, 한 걸음도 걸을 수 없었어

그때였어. 안개 사이로 빛이 비추더니 네가 내 앞에 나타난 거야. 넌 얼어붙은 내 마음을 천천히 녹여 주었지. 네 손길은 주저앉아 있던 나를 포근하게 감싸주었어. 나를 둘러싸고 있던 어두운 그림자는 사라지고, 오래 사라지지 않던 물음표는 느낌표가 되었어

이날부터 나의 모든 단어와 모든 순간은 네가 되었지. 너만 있다면 세상 그 어떤 어려움도 이겨 낼 수 있을 것만 같아. 너만 있다면 무인도에서 살 수도 있어. 너라는 빛을 따라 어디든 함께 떠날 수 있어. 그러니 영원히 나를 비추는 빛이 되어 줘. 너를 만난 축복을 놓치지 않도록 내 손을 꼭 잡아 줘

속눈썹

평소에 많이 털털한 나는
눈곱이 끼어 있기도 하고
얼굴에 무얼 묻히기도 잘했지

그럴 때마다 너는
이런 모습까지 예쁘다며
사랑스러운 눈빛으로
조심스럽게 내 얼굴을 어루만졌어

네 덕분에 난
지금 있는 모습 그대로
사랑받는 방법을 배웠어

더 사랑받기 위해서 애썼던
지난날의 아픈 사랑이 아니라
진짜 행복한 사랑을 알게 된 거지

나도 너의 있는 모습 그대로를
멋지고 용기 있게 보고 사랑해 주는
멋진 연인이 될게

넌 사랑받기 충분한, 멋진 사람이니까

해바라기

무슨 꽃을 좋아하냐는
너의 질문에
난 항상 해바라기라고 말하곤 했지

해바라기의 꽃말이
어떤 건지 알아?

'당신만을 바라봅니다.'

난 그래서 아직도
너만 바라봐
네가 다시
나를 봐 줄 거라 믿고

#

당신 오늘 예쁘다고

당신 오늘 멋있다고

오늘은 어제보다 더 사랑한다고

3장

가끔 속으로

너의

안부를 물어

\#

그때 알았어

너를 너무 많이 사랑했다는 것을

수없이 싸우고 미워하던 그 시간 속에서도

너를 여전히 사랑하고 있었다는 것을

공원 벤치

너와 내가 자주 마주 앉아
이야기를 나누던 공원 벤치
네가 떠나 버린 자리에
멍하니 앉아 들리는 소리

너의 웃음소리 너의 목소리
너의 온기 너의 숨결
우리의 환호 소리
우리의 비밀 이야기

많은 비밀이 숨어 있는 이 자리에
네가 없다는 사실을 까마득히 잊은 채로
저 멀리 들리는 너의 소리에
힘차게 고개를 끄덕였다가

가만히 눈을 맞췄다가
그 모든 소리에 눈물을 흘렸다가

너의 볼에 얼굴을 부비려다
휙 사라져 버린 환영에
털썩 주저앉아 버렸어
잇새로 참았던 아픔이 튀어나와 버렸어

여전히 주변에 아이들이 뛰어다니고
사람들은 즐거워하며 웃음꽃을 피우고
푸르른 잔디 위에서 기쁨을 만끽하는데
나는, 아직, 여기, 이 자리에서
홀로 너를 기다리느라
네가 사라진 벤치를 여전히 바라봐

널 닮은 습관

너와 헤어지고 난 뒤, 내 생활을 보니 나도 모르게 너를 참 많이 닮아 있더라. 평소에는 아무것도 아닌 것 같이 느껴졌던 내 일상에 크고 작은 변화가 많았더라고

첫 번째는 양치 후 가글을 하게 되었다는 거야. 네가 양치 후 가글을 꼭 하길래 따라 하기 시작했는데 이젠 나도 습관처럼 몸에 배어 버렸지 뭐야. 두 번째는 매일 할 일을 작성하는 일이야. 한 줄 한 줄 쓰면서 시간을 관리하는 널 보며, 나도 시간을 효과적으로 사용하기 위해 따라 했었는데 이젠 습관이 되어 버렸더라고

세 번째는 매년 목표를 세우는 일이야. 넌 연중 어떤 일을 하겠다는 큰 목표들을 몇 가지 세웠는데 나도 널 따라 세우다 보니 자연스레 따라가는 것 있지? 네 번째

는 매일 작은 것이라도 꾸준히 하는 습관을 만들던 네 덕분에 나도 하루에 10분 걷기, 물 마시기 등 쉬운 습관들이 잘 자리 잡았어

마지막으로 예쁜 말을 사용하는 것이 습관이 되었지. 유난히 예쁘게 말하는 것에 대해 자주 이야기하던 네 덕분에 아무리 화가 나도 한 번 더 생각하고 말하는 습관이 생기게 되었거든. 난 네 덕분에 이렇게 좋은 습관이 많이 생겼는데 너는 어떤지 모르겠다. 네가 지금 내 옆에 있다면 더할 나위 없이 좋을 텐데. 네게 배운 습관들을 볼 때마다 네가 미치도록 보고 싶어. 우리 우연이라도 다시 마주할 수 있을까?

헤어지던 날

헤어짐을 위해 만난 날
너는 떨리는 손으로 적어 온 종이를 펼쳤어
그리고 담담하게 너의 생각을 읽어 내려갔지

내 얼굴은 볼 생각도 없는 듯
시선은 아래로 내리고
혹여나 나와 눈이 마주칠까
전전긍긍하는 것 같았어

그 모습에 더 마음이 아파서
눈물을 멈출 수가 없었지
준비해 갔던 말도 하나도 할 수가 없었어

당장이라도 붙잡고 싶었지만
너의 눈빛이 너무 차갑고 서늘해
머릿속은 하얗게 변하고 말았지

그저 너의 내일이 불안하지 않기를
너의 내일이 따스하기를
너의 내일이 행복하기를 기도할 뿐

전부

너를 사랑할 때는
네가 내 삶의 전부여서
온통 너만 보였어

때론 섬세하고
때론 절박한 감정에
하루에도 열두 번씩
마음이 웃고 울던 그때

왜 지금은 기억을 지우는
약이라도 먹은 듯이
하나도 생각나지 않는지

너와 함께했던 시간이
가물가물했다가
깜깜했다가
이렇게 사라져만 가

전부였던 네가
사라지는 일
이별이 한참 지난 후
내가 깨닫게 된 하나

까만 선글라스

너와 헤어지고 돌아오는 길

유난히 뜨거운 햇볕 때문에
제일 어두운 까만 선글라스를 쓰고
길을 걸으며 눈물을 감추었지

내 마음은 까만데
눈앞에 보이는 세상도 까만데
햇살은 너무 뜨겁고 쨍쨍해서
더 슬펐던 날이었지

내 마음과 상관없이
세상은 홀로 쨍쨍하게 빛나고

너의 뒷모습에도
그을음 가득한 햇빛이 비치더라

흔적

너의 흔적은 하나도 빠짐없이
다 지웠다고 생각했는데
자꾸만 툭툭 튀어나와
겨우 진정시킨 가슴이 아려 와

일기장 사이에도
책상 서랍 속에도
휴대폰 속에도
코트 주머니 안에도

잊고 있던 너의 흔적들이
곳곳에 흩어져 있어
마음을 어지럽게 해

새로운 사람을 만나지도 못하게
누군가를 마음에 두지도 못하게
아직도 내 맘은 온통
너의 흔적들로 가득 채워져 있어

취중진담

그날 밤 너에게 꼭 말해야만 했어
술의 힘을 빌려서라도 해야만 했지

지금 많이 힘들다고
너의 사랑이 느껴지지 않는다고
우리 다시 돌아갈 수 있는 거냐고
나를 사랑을 갈구하는
처량한 사람으로 만들지 말라고

그런데 너는 깊은 고민 끝에 건
내 전화를 받지 않았지
통화하고 싶지 않다고 했어

이렇게 나는 진심을 전할 기회를
수없이 놓쳐 버렸지
너는 진심을 알아챌 기회를
참 많이 놓쳐 버렸고

그래서였을 거야
견디지 못한 나의 마음들이 쌓여
결국 이별을 향해 갔으니까

그날 밤 내가 술을 마시지 않았다면
늦은 밤 전화하지 않았다면
내 진심이 너에게 전달되었을까?
우리 관계는 지금과 많이 달랐을까?

놀이동산

이 세상에는 나와 너만 아는 놀이동산이 있어. 때가 되면 꽃이 피고, 비가 오고, 바람이 불고, 눈이 오는 아름다운 곳이야. 회전목마에는 차곡차곡 나뭇잎이 가득 쌓여 고요한 숲처럼 보여. 그 안에서 우리가 함께 앉아 나누었던 이야기가 떠올라

나중에 네가 머물렀던 아일랜드에 함께 놀러 가자고, 스페인, 그리스도 함께 놀러 가자고. 매년 한 번은 서로의 부모님도 모시고 여행 가면 좋겠다고, 우리가 함께 살 집은 너무 크지도 작지도 않은 곳으로 구해서 따뜻하고 아늑한 분위기로 만들면 좋겠다고. 영화를 좋아하니까 거실에 텔레비전은 꼭 큰 걸로 걸어 두자고

오래도록 쌓은 뜨거운 사랑이 오늘 내 마음을 뒤흔들

어. 아무도 오지 못하는 우리만의 놀이동산에 너는 얼마나 놀러 가니?

나는 하루에도 수십 번 우리만 아는 이 놀이동산을 서성여. 우리가 함께 갔던 모든 곳을 매일 습관처럼 걸어다녀. 당장이라도 네가 나타나 예쁜 머리띠를 내게 씌워 줄 것만 같은데, 오늘도 여전히 이 놀이동산에는 텅텅 빈 놀이기구만 애꿎게 혼자 돌아가네

너의 세상

너를 가슴속 깊이 담아 두고 생각하고 사랑한 날들이 있었지. 그깟 사랑이 대수롭지 않던 시절, 사랑하면 그래도 된다고 이야기하지도 않았는데 아무렇지 않게 홀대했던 그 시절

우리는 부질없고 시간 낭비하는 허망한 일들을 참 열심히도 했더라고. 때로는 마음을 다하기도 하고, 때로는 마음을 버리기도 하고, 때로는 목숨을 걸기도 하면서 말이야

나는 어떻게든 너의 세상으로 들어가 보려고 애를 썼고, 너는 어떻게든 내가 들어오지 못하도록 막았지. 세월이 지나 보니 우리 안에 있던 뜨거운 불씨가 서로의 세상에서 타오르고 있더라

그때 한 번 더 너의 세상을 두드렸으면 어땠을까? 너와 나의 세상이 만나 그 안에서 하나의 불씨가 타올랐다면 우리의 결과가 달라졌을까? 야속하게도 오늘따라 네가 참 보고 싶다

이별

오래 함께 마주 앉아서 바라보는 것
말이 없어도 눈빛과 가슴으로 말을 하는 것
보일 듯 말 듯 얼굴에 웃음 머금는 것
그러다가 끝내는 눈물이 핑 돌아
고개를 떨구기도 하는 것
마침내 서로를 위해 각자의 길을 가는 것

헤어지지 않으면 안 될까?

각자의 길을 선택하기로 했던 날
우리가 있던 자리로 돌아가기로 했던 날
저 앞 정류장까지만 함께 가자고
손가락을 걸고 약속했지

버스가 도착하자
종점까지만 함께 가자고
손가락을 걸고 약속했지

종점에 내려
너의 집 앞까지만 함께 가자고
손가락을 걸고 약속했지

너의 집 앞에 도착한 순간
고개를 푹 숙인 채
그렁그렁한 눈물을 떨구지 않기 위해
입술을 꽉 깨문 날 보고
네가 말했어

"우리 헤어지지 않으면 안 될까?"

그래
아직은 좀 이른 것 같아
조금만 더 어른이 되면
우리 그때 헤어지자
애꿎은 손가락만 보며 말했지.

#

노란 마스크

헤어진 후 길거리를 걷다가
노란 마스크를 쓴 사람만 보면
나도 모르게 뒤를 돌아
얼굴을 확인하는 버릇이 생겼어

네가 항상 쓰고 다니던
노란 마스크 때문에
혹시나 네가 아닐까
아무리 마주치려 애써도
마주치지 못하는 너를
우연히 이렇게 마주칠 수 있지 않을까
괜한 설렘에 두리번거려

그러다가 노란 마스크를 샀어
네 생각이 심장 저리게 많이 나는 날
흐드러지게 떨어지는 눈물을 참을 수 없는 날
널 생각하며 이 마스크라도 쓰면
조금은 괜찮아질 것만 같아서

나에게 평생 노란 마스크는
너라는 사람일 거야

다투던 날

너와 모든 것을 끝낼 것처럼 다투던 날
내가 아는 모든 미운 말을 다 뱉어 놓은 날
이제 정말 끝이구나 체념한 날

집으로 돌아가는 길
네가 너무 보고 싶어서
눈물이 후두둑 떨어졌어

싸우는 게 지칠 만큼 힘들고
마음이 으깨질 만큼 미워했는데
앞으로 너와 함께하지 않는 삶을 떠올리니
아무 의미가 없어져 버린 것 같았지

그때 알았어

너를 너무 많이 사랑했다는 것을

수없이 싸우고 미워하던 그 시간 속에서도

너를 여전히 사랑하고 있었다는 것을

아프지 마

너와 이별 후
온종일 누워 있어야 할 만큼
많이 아픈 날이었어
문득 예전에 네가 나에게 해 주었던
장난스러운 한마디가 생각나더라

아픈 내 옆에 조금이라도
함께 있어 주겠다고 찾아온 너
아파서 힘이 하나도 없고
웃음조차 나오지 않는 내게 말했지

"내 허락 없이 아프지 마."

장난스러운 너의 한마디에
나는 피식 웃고 말았지
나를 웃게 해 주는 네 덕분에
길었던 밤은 짧았고
아팠던 몸은 다 나았어

그땐 그 한마디로 아픈 게 다 나았는데
이제 너는 내 옆에 없고
나는 쓸쓸히 혼자 몸을 추스르고 있어
몸이 아픈 건지 마음이 아픈 건지
헷갈릴 만큼 아픈 날이야

시간이 약

헤어지고 나면
주변 친구들은 이렇게 위로해
"시간이 약이야."

하지만 아닐 때도 있어
아직 그 사람을 좋아하고 있다면
마음의 상처는 쉽게 아물지 않으니까

사랑이 끝난 이후
오랫동안 눈물 흘려 본 사람은
시간이 약이라는 말이
거짓말이라는 걸 알 거야

진실은, 눈물 흘리던 시간 동안
성숙해진 내 마음에
아픔을 털어 내고
치유하는 힘이 생긴 거야

그때가 되어야
꽉 막혔던 내 옆자리에
다른 사람이 설 공간이
생기는 거야

잃어버린 말, 그리움

말로 다 표현할 수 없는
그리움이 있다는 것을 처음 알았어
이 감정에 어떤 단어를 써야 할지 몰라
입술을 뗐다 붙였다 하다가
바싹 메마른 입술에 피만 나고

너를 향한 그리움 때문에
심장은 점점 더 느리게 뛰다가 야위어 가고
너를 향한 아쉬움 때문에
입술은 앙상한 나뭇가지처럼 메말라 가

모든 순간 내 생각과 마음은
온통 너라는 이름 끝에 열렬히

또 아슬아슬하게 서 있지

이렇게 그리워하면
애닳도록 간절한 마음이
너에게 가닿을까

보내 주세요

내가 별로일까
내가 문제일까
매력이 없는 걸까
사랑받을 자격이 없는 걸까

처음엔 모든 걸 쏟아부어 사랑한다며
날 가슴 뛰게 하던 너
지금은 내 모습이
작고 초라해 보이도록 만들고
날 잔뜩 웅크려 기죽게 해

너와 함께하는 시간이 더 이상 즐겁지 않기에
네 앞에서 내가 초라해 보이기에

숨죽여 너의 눈치만 보기에
이제 너를 놓아주려 해

사랑은 상처를 주고받는 게 아니니까
지금도 내일도 모레도
함께 삶을 그려 나가고 싶은 사람과
뜨겁게 사랑해야 하니까

아직, 여전히

이별하고 난 후
아직도 여전히
네가 생각나고 그리워서
한 번은 더 마음을 표현해 보려 해

아직도 여전히
너를 사랑하고 있기에
조심스럽게 마음을 물어보려 해

더 단단한 사랑으로
너와 다시 하나가 되거나
더 슬픈 이별로
너와 아주 멀어질 수도 있겠지

하지만 혼자 끙끙 앓는 것보다
한 번 더 솔직한 마음을 고백하는 게
후회나 미련은 없더라

아직도 사랑하니까
여전히 사랑하니까
그냥 포기하기엔
아직, 여전히 우리 앞에는
시간이 많이 남아 있으니까

미지근한 커피

너는 김이 모락모락 나는
뜨거운 커피를 앞에 두고

입을 동그랗게 모았다가
입술을 잘게 질끈 물었다가
눈알을 이리저리 굴렸다가

서운함과 미움과
거짓과 기대를
이리저리 만지작거리다가

더 이상 김이 나지 않는
미지근한 커피가 되고 나서야

겨우 입술을 떼어 말했어

내가 홧김에
커피를 확 부어 버릴까 봐
걱정했을까?

아니면 내 짐작과 생각이 지나가고
체념으로 끝나기를
기다렸을까?

자연스러운 변화

밤이 지나 아침이 되는 일
일주일이 지나고 또다시 월요일을 맞는 일
한 달이 지나고 다시 숫자 1을 마주하는 일
여름이 지나 가을의 낙엽을 보는 일
한 해가 지나 다시 새해 계획을 세우는 일

하루, 일주일, 한 달, 일 년
봄, 여름, 가을, 겨울
지구가 자전과 공전을 하듯이
시간과 계절은 끊임없이 흐른다

살다 보면 생기는 어색한 일
피하고 싶은 무안한 일

숨어 버리고 싶은 창피한 일
마주하고 싶지 않은 슬픈 일
모두와 자연스럽게 정리하라고

시간이 지나고
계절이 지나며
자연스럽게 멀어지고
자연스럽게 정리되고
자연스럽게 시작해야 하는
모든 사람에게 선물을 준 것처럼

예를 들면 너와 나의 이별 같은

굳이

굳이 넌 날 사랑해서
굳이 넌 날 지나치지 않고 예쁘다고 말해서
굳이 넌 날 참 괜찮은 애라고 말해 줘서

굳이 우린 서로 끌어안고 서로의 온기를 느껴서
굳이 내 마음의 빗장을 풀어 버리고 말아서
굳이 우린 혼자 해도 되는 일을 같이해서
굳이 난 너를 평생 사랑하게 되어 버려서

난 오늘도
굳이 너를 잊지 못하고
굳이 너를 그리워하며
굳이 너를 기다려

사랑이 끝나던 날

우리의 사랑이 끝나던 날
나는 홀가분했어

너를 사랑하며 할 수 있는 건
모두 다 쏟아부어서
더 이상 남은 애증조차 없어서
유난히 무미건조했는지도 몰라

나를 없애면서까지
널 사랑하려던 건 아니었는데
너만 바라보고 너에게 목숨 거느라
너만 위해 사느라 사라져 버린 내 모습을
다시 어디서 찾아야 할지 막막하기도 했어

바보 같은 내 모습이
안쓰럽고 가엽게 보이기도 했지
사랑은 그런 게 아닌데 말이야
그래서 더 차가웠는지도 몰라

오늘은 나를 꼭 보듬어 주려고
사랑하느라 애썼다고
사랑하느라 고생했다고
사랑하느라 수고했다고
이제 다시 천천히
잃어버린 나를 찾아보자고

내일

우리는 내일 어떤 일이 일어날지
한 치 앞도 보지 못한다는 것을 알면서도
영원히 살 것처럼 행동하곤 해

바쁘다는 흔한 이유로
여유가 없다는 작은 이유로
중요한 일을 내일로 자주 미루기도 하지

사랑하는 사람과 함께하는 오늘이
내일은 오지 않을지도 모르는데
영영 만날 수 없을지도 모르는데

그래서 사랑하는 사람에게
오늘, 지금
최선을 다해 보려고 해

너의 오늘은 괜찮냐고
나는 오늘도 널 많이 사랑한다고
여전히 많이 그리웠다고
내일 말고 오늘
말해 보려 해

나쁜 사람

예전에는 이별을 앞두고
나쁜 사람이 되지 않기 위해
안간힘을 쓰기도 했어

딱 한 가지 이유만으로
헤어지는 이별은 없는데도
너에게서 이유를 찾고
이별을 합리화했지

헤어지면서 내가 상처받지 않으려고
결국 너를 할퀴게 되더라

마지막까지 착한 사람이고 싶어서
나에게 잘못이 없다는 것을 인정받고 싶어서
엉터리 마음으로 너를 대했어

그래서 언제나 이별한 후
서로가 서로에게
나쁜 사람으로 끝이 났어
서로에게 깊은 상처만 남겼지

이제는 알아
헤어짐의 이유는 한 가지가 아니라는 것
한 사람만의 잘못이 아니라는 것
그리고 이 모든 과정 또한 사랑이라는 것

이별 후

이별 후에 한때 사랑했던 사람을
비난하는 경우를 많이 봐
하지만 사랑은 진행 중일 때보다
헤어진 후가 더 중요하지

"그런 이유로 헤어졌어."
"걔는 이런 점이 단점이야."
"함께한 시간이 아까워."
"최악의 사람이지."

내가 선택한 사람
내가 좋아한 사람
내가 사랑한 사람을
비난하고 욕하지 않기로 했어

사람은 조금씩 변하기 마련이고
우리가 사랑했던 시간도
지금이 지나면 추억이 될 테니까
그러니 좋은 것만 기억하자, 우리

늦잠

너와 만나기로 한 시간에
조금 늦어 버리고 말았어
왜 늦었냐고 넌 물었지

하지만 이유가 너무 창피해서
구체적으로 말하지 못하고
그냥 늦잠 잤다는 대답을 해 버렸지

그런데 말야
꿈속에서 만난 너와 헤어지기 싫어서
그만 늦잠을 자 버렸다는 거 알아?

꿈에서도 너를 더 보고 싶어서
떨어지지 않는 발걸음으로
애써 돌아서느라 늦잠을 자 버렸어

그러니까 데이트가 끝나고
헤어질 땐 훨씬 더 다정하게 대해 줘
내일이 오기까지 시간은 너무 길어

우리 헤어져

전주 없이 시작하는 노래처럼
아무렇지 않게 툭 내뱉던 말
우리 헤어져

준비운동 하나 없이
바로 물속으로 뛰어드는
영화 주인공처럼 급발진하던 말
우리 헤어져

그래서인가 봐
아직까지 너는 내게
끝나지 않은 숙제 같아

내가 숙제를 끝낼 수 있게
도와줄 순 없을까?

영화

우린 시즌으로 나오는 영화를 함께 보았지. 시즌1, 시즌2를 보며 '시즌3도 재밌겠다. 우리 꼭 같이 보자.' 하고 약속했어. 오늘 그 영화가 나왔는데 지금 내 옆엔 네가 없어. 그럼 그 영화는 누구랑 봐야 하는 걸까?

이별을 받아들이려면 혼자라도 영화를 봐야 할 것만 같아서 티켓을 예매했지. 그런데 정말 쓸데없는 생각이 드는 거야. 영화관에 홀로 앉아서 이 영화를 보고 있으면 옆자리에 네가 나타나 앉을 거라는 생각. 그리고 아주 자연스럽게 내가 좋아하는 캐러멜 팝콘과 사이다를 건네줄 거라는 생각

네가 나타나지 않으면 실망할까 봐 난 아직도 그 영화를 보지 못했어. 일어나지 않을 쓸데없는 기대 때문에.

그러니까 우리 영화관에서 다시 만나지 않을래? 아무
일도 없었던 것처럼 웃으면서 말이야

다툼

있잖아, 사랑하다 보면 다툼이 생기기 마련이야. 아무
것도 아닌 작은 일로 시작해 크게 번지기도 하고, 서운
함으로 시작해 분노로 끝나기도 하지. 하지만 싸움에도
지켜야 할 선이 있는 것 같아

다툼이 생겨도 막말하지 않기로 해. 화가 났다고 상처
주는 말을 퍼붓거나 비아냥거리거나 비꼬아 이야기하
지 말자

앞뒤 맥락 없이 중간에 끼워져 있는 딱 한마디만 가져
와서 그 말에 기분이 나빴다고 따지는 것은 바보 같은
일이야. 또 지금 사안과 상관없는 지난 일을 가져오지
말자

"지난번에 이런 일도 있었는데 참고 넘어갔잖아."

이렇게 다른 쟁점을 끌고 오는 것도 어리석은 일이야.
보통은 이런 대목에서 싸움은 걷잡을 수 없이 커지기
마련이니까

싸울 때 화가 나서 내뱉은 말은 마음의 상처로 남는 경
우가 많아. 그리고 잘 잊히지 않지. 미안하다는 말로도
해결되지 않을 수 있어. 결국 다투었을 때 주고받은 심
한 말이 계속 떠올라 헤어짐을 결심하는 사람도 많으
니까

사랑하니까 우리 상처 주지 말자. 아무리 크게 싸워도
사람과 사람 사이에 지켜야 할 예의는 지키자

4장

다시

사랑한다 말할까

\#

누구라도 만나고 싶은 마음에

공허함에 흔들려 허전함을 채우기 위해

누군가를 만나지 않기로 했다

너를 알아 가는 싸움

너와 처음 연애를 시작했을 땐 뭐든 다 좋았지. 너라는 사람의 장점만 가득 보였으니까. 조금 부족한 점이 있어도 내가 맞출 수 있을 거라고 생각했어

그런데 시간이 지날수록 나와 달라서 좋아했던 너의 그모습 때문에 우리는 부딪치고 싸우기 시작했잖아. 연인끼리 싸우고 다투는 게 나쁜 것만은 아니라는 건 알아. 더 단단한 관계가 되기 위해서 꼭 거쳐야만 하는 과정중 하나지

하지만 누가 이기고 지는 것이 중요한 건 아니야. 서로 부딪쳐 가며 서로를 알아 가는 것이 중요한 거지. 네가 무엇을 좋아하는지, 무엇을 싫어하는지, 어떤 말에 상처를 받는지, 어떤 환경에서 자라 어떤 내면 세계를 가

졌는지, 어떤 가치관을 가지고 있는지, 어떤 것까지 용납이 되고 어떤 것까지 용납이 되지 않는지 알아 가고 맞춰 가고 싶어

조금 다투었다고 연락하지 않거나 헤어짐을 이야기하지는 말자. 성숙한 관계로 가는 길을 막는 행동이니까. 그런 사람은 사랑의 달콤함만을 보기 때문에 헤어짐을 쉽게 얘기하는 거라는 생각이 들어. 그런 사람이라면 오래 만나더라도 다툴 때마다 힘들어하며 서로를 알아 가려는 노력은 하지 않을 테니까. 믿음이 단단해지는 시간을 감당할 자신이 없는 사람일 테니까

이제 우리 다투더라도 이 시간을 즐기자. 다툼이 시작될 때가 비로소 너와 내가 사랑하는 마음으로 서로의

다름을 인정하고 알아 가는 진짜 중요한 시간이 다가온
거니까. 이 시간을 지나면 우리는 더 돈독해진 믿음 안
에서 안정적인 연애를 할 수 있을 테니까

권태기

우리 사랑에도 어김없이
권태기는 찾아왔지
아, 올 것이 왔구나 생각했는데
넌 나보다 더 당황한 것 같았어

익숙함을 지나
권태로움을 이겨 내는 건
우리에게도 쉽지 않은 일이었나 봐

권태기라는 것을 알면서도
괜히 상처 주는 말로 서로를 아프게 하고
상처 주는 행동으로 서로를 지치게 했지
우린 쉽게 항복하고 말았어

이별 후 생각해 보니
조금만 더 참을걸 후회가 되더라
어떤 관계도, 어떤 인연도
소중할수록 쉽게 만들어지지 않잖아

기쁜 순간도, 슬픈 순간도
힘든 순간도, 험한 순간도
함께 이겨 내야 단단해지는 거니까

다음에 또 권태기를 만나게 되면
항복하기보다는 올 것이 왔다고 여기며
극복할 방법을 함께 생각해 보고
상처 주기보다는 다정한 말을
한 번 더 건네 보려고 해

져 주는 일

내가 먼저 사과하는 이유는
내가 잘못해서가 아니야
누가 잘못했는지를 따지기보다
쓸데없이 내세우는 자존심보다
우리 사이를 소중하게 여기기 때문이지

사랑은 이기려고 하는 게 아니니까
혹여나 우리 사이가 멀어질까 봐
미안하다는 말을 먼저 하는 거야

진심으로 누군가를 사랑한다면
잘못과 상황에 관계 없이
먼저 사과하게 되더라고

사랑하면 져 주게 되어 있어
아무리 이기려고 해도 안 되지

결국 내가 먼저 사과하는 건
너에 대한 사랑의 표현이야
너도 결국엔 내 진심을 알게 되고
더 사랑하게 되지 않을까?

사랑에도 거리 두기

사랑하는 사람이 너무 좋아도 약간의 거리 두기는 필요해. 너무 많이 사랑하기 때문에 모든 것을 이야기하고, 모든 순간에 함께해야 한다고 생각하는 건 위험하지. 나부터 홀로 단단하게 설 수 있어야 함께하는 순간도 아름다운 법이거든

사랑에도 거리 두기가 필요해. 우리 사이에 남겨진 거리만큼 여유가 생기는 거니까. 지치거나 상처받지 않고 서로의 사랑을 지켜 줄 수 있는 안전거리를 미리 확보하려 해. 마음의 여유가 생기고 상대방을 더 많이 아끼고 사랑해 줄 수 있을 테니까

사랑은

사랑은 서로에게 믿음을 주는 것
어떤 일이 있어도 변함없는 마음으로
서로를 믿겠다 다짐하는 것

사랑은 함께 노래할 사람이 있다는 것
흥에 겨워 노래를 흥얼거릴 때
박자를 맞추어 함께 부르는 것

사랑은 용기를 줄 사람이 있다는 것
현실의 높은 벽에 숨이 턱 막힐 때
손잡고 함께 이겨 내는 것

사랑은 돌아갈 곳이 있다는 것
외롭고 쓸쓸하다 느낄 때마다
그 사람의 품에 쏙 안기는 것

사랑은 서로의 좋은 모습을 닮아 가는 것
서로에게 더 좋은 사람으로 발전해 나가는 것

고백할 용기

친한 동생이 찾아와 고민을 털어놨어
좋아하는 사람이 생겼는데
고백하기가 너무 어렵다고

동생에게 말했지
"뭐 어때? 그냥 한번 두 눈 질끈 감고
거절당하더라도 고백해 보는 거지.
살다 보니 하고 후회하는 게
안 하고 후회하는 것보다 낫더라."

대답을 들은 동생은
두 주먹을 불끈 쥐고
두 눈을 질끈 감더니

마치 경기에 나가는 선수처럼
도전해 보겠다고 말했지

용기 있는 사람이 사랑을 쟁취한다는 말
참 많이 쓰잖아
너무 자주 사용하는 말이라
가끔 잊고 사나 봐

좋아하는 사람이 생겼다면
조심스럽게 고백해 보자
어쨌든 결과는
둘 중 하나니까

예뻐

너와 함께 영화를 보다 물었지

"저 배우가 예뻐? 내가 예뻐?"

"물을 걸 물어야지,
네가 훨씬 더 예뻐."

대답하며
날 바라보는 달콤한 너의 눈빛과
내 얼굴을 감싸는 따뜻한 네 손길에
깜박 속을 뻔했지 뭐야

예쁘다고 말해 주는

네 마음이 나는 참 좋아
나도 그 어떤 잘생긴 연예인보다
네가 더 멋지다고 표현할 거야

외로울 때

외로울 땐 사랑하지 않기로 결심했다

누구라도 만나고 싶은 마음에
공허함에 흔들려 허전함을 채우기 위해
누군가를 만나지 않기로 했다

그땐 정말 이 사람이
나와 맞는 사람인지, 나에게 좋은 사람인지
눈앞이 가려져 모를 수 있으니까
당장 이겨 내야 할 외로움이 싫어서
맞지 않는 사람을 붙잡을 수도 있으니까

홀로 만족할 수 있을 때
누군가를 만나야 함께 행복할 수 있다
한쪽으로 치우치는 관계는
결코 오래가지 못하니까

진짜 좋은 사람을 만나려면
외롭지 않을 때
결혼하고 싶지 않을 때
만나는 것
그래야 정말 내 사람인 걸 알 수 있기에

청개구리

꼭 그런 거 있잖아

어른들이 가지 말라고 말리면
더 가보고 싶은 곳
어른들이 하지 말라고 말리면
더 해보고 싶은 일
어른들이 만나지 말라고 말리면
더 만나고 싶은 사람

만약 하지 말라고 해서
널 만나지 않았다면
지금쯤 나는 어디에 서 있을까?
무엇을 동경하고 있을까?

인생은 때로 누군가의 말보다
나의 직감과 믿음과 신념으로 선택할 때
더 나은 삶을 살게 되더라

사람도 내가 중요하다고 여기는 기준으로
만나야 후회가 없더라
가끔씩 청개구리로 사는 삶
나쁘지 않아

선물

난 선물을 받는 것이
익숙하지 않았어
언제나 주는 쪽이었기 때문이지

그런데 너를 만나
선물을 받는 것의 기쁨과 행복을
천천히 알게 되었어

내가 전한 마음의 크기만큼
꼭 다시 돌려받아야 하는 것이
사랑은 아니야

그러나 주기만 하면
받는 법을 잊어버리지
어떤 말을 해야 할지
어떤 표정을 지어야 할지 몰라
어색한 순간이 만들어지기도 하고

그러니 받는 법도 연습해야 해
그래야 주기도 하고 받기도 하며
더 큰 기쁨을 아는 사람으로
성장할 수 있으니까

불안

길을 가다가 가슴이 콱 막히고 조여 올 때가 간혹 생겼
어. 숨이 턱 막혀서 남들은 편히 쉬는 숨을 겨우 내쉬
던 때가 있었지. 잠을 자려고 애를 써야 억지로 잠드는
날이 늘어났어. 무슨 이유에선지 불안함은 최고조가 되
었고 하루도 마음이 편한 날이 없었어

너와 금방 연락이 닿지 않으면 초조함이 나를 사로잡았
고, 너를 며칠 만나지 못하면 죽을 것만 같았지. 무언
가 크게 잘못되고 있다는 생각이 들었어. 이렇게 살다
가 큰일이 날 것만 같았지. 짓눌려 있는 이 세계의 막
을 뚫고 나가야 한다고 생각했어

사랑은 나로 온전할 수 있을 때, 내가 나로 만족할 수
있을 때 해야 해. 무언가가 있어야만 허전함이 채워진

다면 그것은 곧 불안이 되기 마련이야. 결핍은 나를 성
장하게 하기도 하지만 온전한 나를 만드는 것을 방해하
기도 하지. 그래서 결심했어

온전한 내가 되어 다른 무엇이 없어도 만족할 수 있을
때까지 사랑은 하지 않기로 했어. 작은 것에 기뻐하고
작은 것에 슬퍼하고, 누릴 수 있는 모든 것을 누려 보
기로 했어. 철없는 어린아이처럼 해맑게 웃으며 세상의
모든 문을 당겨 보고 싶어. 불안할 틈조차 없게 말이지

아끼지 마세요

선물받았거나 소중한 물건일수록
아껴 두고 쓰지 않을 때가 많아
그렇게 아끼다가 결국 한 번도 못 쓰고
버리는 경우도 많지

그러니 마음은 아끼지 않으려고 해
그리운 사람에게 그립다고 말하는 것
보고 싶은 사람에게 보고 싶다고 표현하는 것
고백하고 싶은 사람에게 고백하는 것

마음속 깊은 곳에 아껴 두지 말고
많이 좋아하고 고백하고
사랑하고 그리워하려고

내 안에 아껴 놓은
사랑과 기쁨과 행복과 신뢰를
아끼지 말고 표현하려고 해

'나중에 이거 선물해 줘야지.'
'나중에 깜짝파티 해 줘야지.'
'너의 생일에 꼭 이거 사 줘야지.'
수없이 미뤄 놓았던 마음들이
후회로 가득히 밀려오더라

아끼다가 말 못하고
떠나 버린 그대 등 뒤에 소리치는 건
너무 슬픈 일이잖아

그러니 옆에 있을 때
아끼지 말고 표현해 주려고

그런 사람

억울한 일로 답답한 마음에 소리 지르고 싶을 때
나보다 더 큰 소리로 내 편 들어 주는 사람

사람에 치여 아무도 모르는 곳으로 숨고 싶을 때
내 손을 잡고 슬쩍 여행을 떠나 주는 사람

소리 내어 펑펑 울고 있을 때
내 어깨를 보듬고 조용히 함께 울어 주는 사람

악몽에 놀라 잠에서 깨어 흐느끼고 있을 때
다독다독 나를 안심시켜 주는 사람

세상 사람 모두에게 잊히고 싶다고 말할 때

"괜찮아, 나에게만 기억되면 돼."
라고 말해 주는 사람

세상에 딱 한 사람
미련 없는 세상을 살고 싶게 해 주는
재미없는 세상을 재밌게 해 주는
나도 너에게 그런 사람이 되어 주고 싶어

연극

난 네 앞에서 항상 연극을 해야 했어
있는 그대로의 내 모습을 넌 싫어했거든

내가 가끔 우울하거나 속상하거나
힘이 없거나 고민이 많을 때면
넌 내가 눈치를 보게 만들었지
너에게 조금이라도 기대려고 하면
넌 언제나 거리를 두고 선을 그었지

난 너에게 늘 편안한 사람이어야 했고
웃어 주는 사람이어야 했고
너의 모든 것을 받아 주는 사람이어야 했어

그런데 그거 아니?
사랑은 지어낼 수 없다는 것
그리고 연극은 언젠가 끝난다는 것

우리의 사랑이 끝난 이유는
나의 모습이 연극이었기 때문일 거야
네가 날 있는 모습 그대로 사랑해 주고
받아 주었다면 끝나지 않았을지도 모르지
그건 사랑이었을 테니까

아름다운 이별

세상에 아름다운 이별은 없나 봐
그건 포장하기 좋아하는 사람들의
거짓인 것 같아

아름다운 이별은 없어도
우리가 헤어지는 마지막 순간에는
좋은 말만 하기로 해
좋은 추억만 이야기하기로 해

서로의 마음을 다치게 하는
날 선 수많은 단어로
우리가 사랑했던 모든 시간에 대한
소중한 감정들을 없애지 말아 줘

아름다운 이별은 없어도

함께 쌓아 온 아름다운 시간에 대한

예의는 지키기로 해, 우리

다툼의 결과

우리가 다투는 이유는 서로 다른 별에 살던 사람들이
만나 함께 살아가는 법을 배우기 위함이잖아. 그런데
너와 다투면 유난히 조율이 되지 않았어. 중간점을 찾
기도 어려웠고 합의되는 경우가 전혀 없었지. 언제나
다툼의 끝은 내가 너의 말을 수용하고 너에게 맞추는
거였어

미안한 것이 없어도 미안하다는 말을 반복해야 하는 것
은 오롯이 나의 몫이었고, 시간이 흐를수록 그게 나를
더 비참하게 했어. 그때 알았지. 이건 건강한 사랑이 아
니라는 걸

건강하게 사랑하기 위해서는 서로가 서로에게 조금씩
맞추어 가야 했어. 서로가 좋아하는 것을 자주 하려고

노력하고, 싫어하는 것은 하지 않으려고 노력해야 했고. 다툴 때에도 합의점을 찾아 중간 지점을 조율하고 충분한 대화를 나누어야 했지

일방적으로 한 사람이 다른 한 사람에게 맞추는 건 잠깐은 괜찮을지 몰라도 오랜 시간 지속되면 왜곡된 생각을 가지게 해. 사랑에서 한참 벗어난 구속 같은 느낌일 수도 있지. 무엇이든 일방적인 것이 오래가지 못하는 이유이기도 해

사랑싸움 후 이겼다는 생각이 들면 다시 한번 생각해볼래? 과연 이긴 건지, 이게 우리 사랑에 도움이 되는 건지, 혹시 조율이 되지 않는 너에게 지친 상대방이 다투기 싫어서 그냥 너의 말을 들어준 것은 아닌지

멋진 사람

헤어진 후에 더 열심히 살기로 했다

우연히 길거리에서 만나도 웃으며 인사할 수 있게

서로를 사랑했던 것이 좋은 추억이 될 수 있게

우리가 꽤 괜찮은 사람과 사랑했다고 기억할 수 있게

두려움

세계에서 가장 많이 팔린 책에는 사랑 안에는 두려움이
없다는 구절이 나와. 두려움이 있으면 온전한 사랑을
이루지 못한다나. 온전한 사랑에는 두려움이 비집고 들
어올 틈이 없는 것이지

우리 사랑을 들여다보니 뭐든지 다 들어올 수 있을 것
같아. 오해도, 질투도, 시기도, 바람도 모두. 지금부터
두려움 없이 더 많이 사랑하려고. 우리 사이에 아무것
도 들어오지 못하도록 말이야. 온전한 사랑을 이뤄 보
려고. 오롯이 사랑에 집중할래

기적

삶이라는 건 참 알 수 없어
마음과 마음이 통하는 일이
기적처럼 소중한 일이라고 하잖아
그 이유를 요즘 조금 알 것 같더라고

서로가 어떤 마음인지 헤아려 주고
눈빛으로 통할 수 있다는 건
그리고 그 순간 서로의 마음이 같다는 건
그야말로 기적 같은 일이야

그런데 꼭 마음은 엇나가서
같은 순간 통하기는 어렵더라고
그러니 그런 사람을 만나거든
그 순간이 마지막인 것처럼 잘해 주기로 해

배터리

서로 사랑하고 있다는 것을 알면서도
괜히 의심될 때가 있어
사랑한다는 말을 방금 들었는데도
습관처럼 한 말은 아닐까 궁금하지

배터리도 시간이 지나면 충전해야 하듯이
사랑도 매일 충전이 필요해

익숙한 사이일수록
오래된 연인일수록
사랑한다고, 고맙다고, 미안하다고
자주 표현해야 의심하지 않을 수 있어

사랑은 표현할수록 커지니까

쉼표

사랑에도 때론 쉼표가 필요하지. 사랑하게 되면 무의식 중에 닮게 되어 있어. 상대방의 좋은 점도, 나쁜 점도 닮아 가는 모습을 발견하게 돼. 많이 사랑하기에 행동 까지 닮아 가는 것은 좋은 것이지만 생각지 못했던 문 제가 생기기도 해

한 사람에게 너무 집중한 나머지 객관적 시선을 잃어버 리는 것이지. 그땐 사랑을 잠시 쉬어야 할 때야. 사랑에 서 벗어나 나를 객관적으로 바라보고 왜곡되었던 시선 을 바로잡을 기회인 것이지

혼자 있는 시간을 일부러 만들고 모든 것과 거리를 두 고 일부러 어색한 상태를 만들어. 그리고 모든 상황을 객관화시켜 봐. 그러면 보이지 않던 것이 보이고, 고민

하기 싫어서 넣어 두었던 생각이 고개를 슬며시 들고
올라와

이때 용기를 내어 마주하는 힘이 필요해. 나를 객관적
으로 마주하고 더 나은 사람이 되기 위해, 나 혼자도 오
롯이 만족할 수 있는 사람으로 홀로서기를 해. 그러면
더 좋은 사람이 나타나. 다시 사랑할 준비가 된 거야

잘 자

넌 아무 의미 없는 인사말이었겠지만
내 마음을 쿵 하고 울려
설레게 하고 기대하게 해

밤하늘의 달이 날 보고 웃고
밤하늘의 별이 날 축복하는 듯이
순수한 나로 변하게 해

부끄럽지만
밤하늘의 별과 달이 우릴 환호할 때
내 호흡을 너에게 빼앗기고 싶어
아주 아주 달콤하게
아주 아주 황홀하게

느티나무 아래

너와 자주 찾던
푸르른 느티나무 아래
그곳에서 우리는
참 많이 웃었어

사랑스레 눈을 맞추고
서로의 이마에 입을 맞추고
그러다 입술을 맞추기도 했지

여전히 내 사진첩에는
이곳에서 너와 사랑을 속삭이던
행복했던 순간들이 남아 있어

이제 와 보니

너무 행복해서 눈물을 머금고 있던 걸
나는 그때 왜 몰랐을까?

사진을 보니
너무 사랑하고 행복해서
곧 터질 것 같은 눈물을
꾹 참고 있던 너의 모습을
나는 그때 왜 몰랐을까?

다름

사랑은 원래 서로가 다른 모습에 끌려 시작하게 된다고
하잖아. 그런 두 사람이 만나서 사랑하며 지혜롭게 중
간 지대를 찾아가는 것이 나는 사랑이라고 생각해. 그
러려면 한 사람만 노력해선 중간을 찾을 수가 없어. 반
드시 두 사람 모두 서로를 위해 조금씩은 양보하고 희
생하고 변화를 택해야만 하지

다름을 인정하고 서로에게 맞추려고 노력해야 해. 그것
이 이해되지 않는다면 밤새 싸우더라도 이해할 수 있도
록 대화하는 것이 필요하고

내 사랑을 돌아보면 참 바보 같았어. 상대방에게 희생
하며 내가 모든 것을 맞추려 노력했지. 안간힘을 써야
했어. 내가 변하면 상대방도 변할 줄 알았으니까. 하지

만 호의는 가끔 권리가 되기도 하잖아. 너는 내가 맞추는 것이 당연하다고 여기고는했어. 그래서 이별 외에는 다른 방법이 없을 때도 많았지

한 사람의 마음이 이별에 도달하기 전에 서로가 서로를 위해 맞추고 희생하며 살았어야 하나 봐. 다름을 인정하고 다름이 장점이 될 수 있도록 칭찬해 주고 격려해 주면 더 좋은 사람으로 성장할 거니까

너의 공간

우리 둘만의 공간에서
전화는 잠시 꺼 두자

달콤한 이야기를 나누며
창피함도 잠시 넣어 두자

네가 뭘 좋아하는지
네가 뭘 싫어하는지
지금부터 알아 가면 좋겠어

우리 둘만의 공간에
아무도 오지 못하게 할게

이제 문을 잠그고

너의 공간으로 만들어 봐

너 외엔 아무도 침범할 수 없게

눈치

사랑하는데 다른 사람 이야기가 뭐가 중요해요
하루만 못 봐도 보고 싶어 죽을 것 같고
옆에 없으면 미칠 것 같은데 왜 고민해요

그 사람들이 인생을 대신 살아 주거나
대신 사랑해 줄 게 아닌데 뭐가 문제예요
그러니 우리 더 힘껏 사랑해요

너무 주변 눈치 보느라
사랑하는 사람을 놓치지 않았으면 해요
마음이 남아 있다면 얼른 달려와 줘요

서로를 있는 모습 그대로 안아 주고
마주 보는 순간마다 웃으며 격려하고

매일 처음 만난 것처럼 소중히 할게요

그러니 우리 꼭 다시
사랑해요

한강

너와 처음 갔던 한강은 정말 추웠지
차가운 바람이 아주 세게 불어서
한순간도 밖에서 걸을 수 없었어

유난히 추위를 많이 타는 날 위해
넌 담요와 핫팩을 미리 준비해 왔지
그것도 아주 따뜻하게 미리 데운 핫팩을

한강을 오기 전부터
날 위해 미리 담요와 핫팩을 준비했을
너의 마음을 생각하니까
내 마음이 몽글거리기 시작했어

그 순간 나도 모르게 닫혔던 마음이

차가운 바람도 이기고 사르르 녹아 버렸나 봐

그렇게 무장해제 되고 말았던 거야

사랑은 이런 거니까

사랑하고 있거나, 사랑하고 싶거나, 사랑했던 우리 모두의 이야기

사랑은 신비롭고 찬란합니다. 오색찬란하기에 무엇이라 단정 짓기도 표현하기도 어렵죠. 그래서 사랑을 하는 사람은 눈빛의 온도부터 다릅니다. 이유 없이 따뜻하고, 말투도 다정합니다. 사랑을 시작한 사람들에게는 이러한 오라가 주변 가득 퍼지는 것 같아요. 그래서 사랑을 숨길 수 없다고 말하기도 하나 봅니다.

치열한 하루를 보낸 후에 "수고했어, 고생했어."라는 말을 해 주는 사람이 있으면 좋겠다고 생각했는데 사랑이 그런 것이더라고요. 내가 혼자 해도 되지만 상대방이 해주면 더 좋은 것 말이죠. 하지만 우리 삶에 행복한 시간만 계속되는 것은 아니죠. 사랑을 하면 헤어짐이 있고, 헤어짐이 있으면 또 다른 만남이 생깁니다.

헤어짐 이후에 오는 순간을 마주하며 숨이 멎을 것 같고 힘들어서 당장이라도 죽을 것 같기도 합니다. 공허함과 허무함이 밀려오죠. 그러나 세상은 나만 빼고 아무렇지 않게 잘 흘러갑니다.

제가 겪은 이별도 그랬습니다. 그리고 그 생경한 기억을 오롯이 표현해 보고 싶었습니다. 제 이야기가 누군가에게 위로와 공감과 희망이 되기를 바라면서요.

글을 쓰며 떠올려 보니 제게는 여전히 그리운 순간이

많습니다. 그리운 순간이 많다는 것은 행복했던 추억이 많다는 이야기일 것입니다. 아프지만 너무 아프지만은 않은 기억인 것이죠. 그래서 사랑은 참 오묘합니다.

사랑은 내가 사랑받을 만한 사람이라는 걸 알게 해 주고, 자신감 있게 세상을 대하도록 합니다. 나도 몰랐던 나를 알게 하고, 상대방을 더 깊이 알게 되죠. 때론 가족보다 더 끈끈한 관계가 되고, 누구에게도 꺼낼 수 없는 비밀도 나누는 사이가 바로 연인입니다.

그래서 표현이 참 중요한 것 같아요. 잘 지내는지 궁금하면 잘 지내냐고, 보고 싶으면 보고 싶다고, 곁에 없어 속상하고 힘들다면 속상하고 힘들다고 말하는 것 말이죠.

그래야 서로의 마음이 엇갈리지 않고 마음과 마음이 다

시 만나는 순간이 생길 테니까요. 거추장스러운 단어나 핑계는 접어두고 진심을 이야기한다면 그리움이 다시 사랑이 되는 순간을 분명 마주하게 될 거예요.

이루어지지 않은 사랑도, 이루어진 사랑도, 헤어진 사랑도 모두 사랑입니다. 실패가 아니고 그저 나를 찾아가는 과정이라 생각하면 좋겠어요. 그래서 사랑이 끝나면 성장했다는 느낌이 드는지도 모르겠습니다.

이 책은 지금 누군가를 사랑하고 있거나, 사랑하고 싶거나, 사랑했던 우리 모두의 이야기입니다. 사랑하고 있는 분, 사랑하고 싶은 분, 사랑했던 분 모두 매일 따스하고 행복하시기를 응원합니다. 그리고 이 책장을 덮을 때엔 소박하고 새로운 사랑이 여러분 옆에 슬며시 다가와 있기를 바랍니다. 부디 저의 진심도 조심스레 가닿기를 바라며 글을 마칩니다. 읽어 주신 모든 분께 진심으로 고맙습니다. 삶이 힘에 겨워도, 그럼에도 사랑해요, 우리.

진심을 담아
김예채 드림

나를 빛나게 하는 존재,
그게 너라서

사랑은 듣기만 해도 설레는 단어입니다. 사랑에 빠지면 서로를 더욱 특별하게 여기고, 그렇기에 세상이 평소보다 더 아름답게 보이기도 하죠.『눈이 빛나서, 미소가 예뻐서, 그게 너라서』그림 작업을 하면서 이러한 사랑의 진가를 제대로 느꼈습니다.

사랑하는 사람이 있기에 한 컷 한 컷 그릴 때마다 자연스럽게 그 사람을 떠올렸습니다. 함께여서 행복했던 추억, 힘들었던 순간, 이별의 아픔, 다시 만났던 감정 모두 그림에 아로새겨 있습니다. 더 나아가 나를 빛나게

해 주는 사람이 다른 누구도 아닌 그 사람이어서 평범
한 일상이 특별하게 느껴졌다는 것도 깨달았어요. 오랫
동안 기억에 남는 작업이 될 것 같습니다.

여러분도 사랑하여 느끼는 다양한 감정들을 이 책을 통
해 다시 한 번 느낄 수 있길 바랍니다.

사소한 순간을 따뜻하게 그리는
최종민 드림

눈이 빛나서, 미소가 예뻐서, 그게 너라서

초판 1쇄 인쇄 2022년 8월 23일
초판 1쇄 발행 2022년 8월 31일

글 김예채
그림 최종민
펴낸이 김선식

경영총괄 김은영
기획편집 임소연 **디자인** 황정민 **책임마케터** 문서희
콘텐츠사업4팀장 임소연 **콘텐츠사업4팀** 황정민, 옥다애
편집관리팀 조세현, 백설희 **저작권팀** 한승빈, 김재원, 이슬
마케팅본부장 권장규 **마케팅4팀** 박태준, 문서희
미디어홍보본부장 정명찬 **홍보팀** 안지혜, 김민정, 오수미, 송현석
뉴미디어팀 허지호, 박지수, 임유나, 송희진, 홍수경 **디자인파트** 김은지, 이소영
재무관리팀 하미선, 윤이경, 김재경, 안혜선, 이보람
인사총무팀 강미숙, 김혜진, 황호준
제작관리팀 박상민, 최완규, 이지우, 김소영, 김진경, 양지환
물류관리팀 김형기, 김선진, 한유현, 민주홍, 전태환, 전태연, 양문현, 최창우
외주스태프 교정교열 이은경

펴낸곳 다산북스 **출판등록** 2005년 12월 23일 제313-2005-00277호
주소 경기도 파주시 회동길 490 다산북스 파주사옥 3층
전화 02-704-1724 **팩스** 02-703-2219 **이메일** dasanbooks@dasanbooks.com
홈페이지 www.dasanbooks.com **블로그** blog.naver.com/dasan_books
용지 IPP **인쇄** 민언프린텍 **코팅 및 후가공** 평창피엔지 **제본** 국일문화사

ISBN 979-11-306-9308-8(03810)

다산북스(DASANBOOKS)는 독자 여러분의 책에 관한 아이디어와 원고 투고를 기쁜 마음으로 기다리고 있습니다.
책 출간을 원하는 아이디어가 있으신 분은 다산북스 홈페이지 '원고투고'란으로 간단한 개요와 취지, 연락처 등을
보내주세요. 머뭇거리지 말고 문을 두드리세요.